DISCOURS

EN VERS,

SUR LA NÉCESSITÉ DU DRAMATIQUE

ET DU PATHÉTIQUE

EN TOUT GENRE DE POÉSIE,

Par M. LE BLANC.

A PARIS,

Chez DESSENNE, Libraire, au Palais-Royal.

M. DCC. LXXXIII.

M. l'Abbé Delille s'étoit déjà proposé l'objet qui fait la matière de ce Discours, dans une Épître marquée à ce caractère de force & d'agrément qui distingue tout ce qui sort de sa plume. Il y développe, mieux que moi sans doute, les principes que j'ai tâché d'établir. C'est un hommage que je dois à la vérité. Il m'est d'autant plus doux de le rendre public, que je voudrois m'acquitter par-là, du moins en partie, envers le grand talent reconnu, du plaisir que me font ses productions.

DISCOURS

EN VERS,

Sur la néceſſité du Dramatique & du Pathétique
en tout genre de Poéſie.

Aɪɴsɪ, nourri des fruits de Rome & de la Grèce,
Emporté, malgré vous, par une noble ivreſſe,
Vous allez, du Parnaſſe, affronter les haſards,
Et braver ſes ſerpens ſifflant de toutes parts !
  Oui. Soit raiſon, folie, ou ſageſſe, ou délire,
Du penchant qui m'entraîne il faut ſubir l'empire.
Je connois les vautours, les monſtres écumans
Qui toujours, de la gloire, aſſiègent les amans ;
Je ſais tous les dégoûts qu'on prépare au Poëte ;
Mais l'immortalité vaut bien ce qu'il l'achète.
  Fort bien. Mais ſavez-vous par quel don précieux
Il faut juſtifier ce titre glorieux,
Ce grand nom qu'on recherche & trop ſouvent à craindre ?
  Je ſais que l'art des vers n'eſt rien que l'art de peindre :

A 2

Je connois la nature &, sur ses grands tableaux,
J'ai cent fois, jeune encore, essayé mes pinceaux,
Et peut-être saurai-je, imitant sa magie,
Dans ses traits variés, saisir son énergie.

C'est beaucoup, vous pourrez, au réveil du printemps,
En vers harmonieux ressusciter nos champs;
Vous peindrez les zéphirs se jouant dans les plaines,
Le tendre émail des prés, le crystal des fontaines,
Les ruisseaux argentés fuyant parmi les fleurs,
Et, de flots caressans, ranimant leurs couleurs.
Ici, par vos concerts, Philomèle attendrie,
Y joindra, de ses chants, la douce mélodie;
Là je verrai l'agneau, sur les naissans gazons,
Et le chevreau léger s'ébattre à vos chansons;
Entraîné, sur vos pas, sous de rians ombrages,
Je croirai, de Paphos, retrouver les bocages,
Ces vergers enchanteurs, asyles de l'amour,
Où, plein d'un doux espoir, il fuit l'éclat du jour.

Mais, parmi tant d'objets dont l'aimable peinture,
A mes sens enivrés, rappelle la nature,
Ne sauriez-vous aussi me ramener à moi?
J'aime à me retrouver dans tout ce que je voi.
De vos tableaux usés l'enchantement stérile,
En égayant mes yeux, laisse mon cœur tranquille.
Je me dis quelquefois : quand aurai-je tout vu?
Et mon cœur, pour vous suivre, a besoin d'être ému.

O si, de quelque amant, en ces lieux pleins de charmes,
Dans mon sein palpitant, l'ombre épanchoit ses larmes,

Si je pouvois frémir au récit douloureux
De la mort qui le frappe au moment d'être heureux!
Si j'entendois les cris de Thémire éplorée,
Preſſant, avec tranſport, une cendre adorée,
Demandant à l'amour, touché de ſon deſtin,
Qu'il la joigne à Sylvandre, & l'obtenant enfin!
Si leurs derniers ſoupirs, répétés dans mon ame!...
Eh bien, je vais les peindre. Ah qu'un diſcours de flame,
Un ſeul mot de leur bouche eut laiſſé, dans mon cœur,
Un trait plus déchirant, une plus longue horreur,
Et que cette horreur même, auſſi douce qu'amère,
M'eut rendu cette rive & plus belle & plus chère!
Mon œil, humide encor, ne pourroit la quitter.

Mais il faut, avec vous, ſe laiſſer emporter;
Et vous m'allez montrer, dans les champs du tonnerre,
Ces chênes, ces ſapins, vieux enfans de la terre,
Aux dieux même, élancés des temples éternels,
Préſentant un repos pour deſcendre aux mortels;
J'entendrai, ſous les cieux, leurs cimes ondoyantes,
Au choc des aquilons, dans vos vers, frémiſſantes ;
Repouſſans, repouſſés, leurs immenſes rameaux,
Dans les airs mugiſſans, rouleront à longs flots.

On raconte qu'un jour, ſous ces berceaux funèbres,
Où mon œil perce à peine un rempart de ténèbres,
Un malheureux errant, long-temps jouet du ſort,
L'œil ſec, le cœur gonflé, ſembloit chercher la mort.
Un ſage le rencontre. Eh qui peut, dans votre ame,
Du doux eſpoir de vivre avoir éteint la flame ?

A 3

Les humains m'ont trompé. J'ai droit de les haïr.
Et dans la tombe enfin vous prétendez les fuir !
Ah plaignez-les plutôt, plus foibles que coupables;
Lorsqu'ils penſent jouir des pleurs des miſérables,
Ils ſe trompent eux-même... &, par le ſentiment,
Le conduiſant, ſans peine, à l'attendriſſement,
Il le preſſe, il l'arrache à ſon deſſein funeſte.
Sa voix, ſur ſa bleſſure, eſt un baume céleſte.
Il rallume, à ſes yeux, le flambeau du bonheur.
Peut-on haïr la vie en retrouvant ſon cœur?
Que ne puis-je, en ces bois, embraſſer l'un & l'autre?
Que ne me rendez-vous cette ſcène, ou quelqu'autre
Qui laiſſe, dans mon ame, un profond ſouvenir,
Et dont, en moi long-temps, j'aime à m'entretenir,
Graviſſant, avec vous, des côteaux aux montagnes,
D'où ſe dévoile encor la gloire des campagnes.

Mais, ſans vous détourner, la baguette à la main,
D'un ton ſec, magiſtral, comme un nouveau Merlin,
Contemplez, dites-vous, par ce cryſtal magique,
De ce riche horiſon la pompe magnifique;
Voyez, du haut des monts, ces torrents élancés,
Sur ces rochers altiers, ces rochers entaſſés,
Ces gouffres, ces redans, ou lumineux, ou ſombres,
Les jets brillans du jour, les jeux piquans des ombres.
Au-deſſous, c'eſt Bacchus enlaçant ſes feſtons,
Et décorant ſon trône, & colorant ſes dons;
Plus bas, ſur ces guérets, dans ce vallon fertile,
C'eſt, d'épis ondoyans un océan tranquille.

Arrêtez. A l'aspect de ces biens renaissans
Que doit l'homme à lui-même, à ses efforts constans;
Chantons du moins ensemble un hymne à l'innocence.
Répétons : ô travail, père de l'abondance,
Ainsi que les vrais biens, donnant les vrais plaisirs;
Toi seul préviens en nous, éteins les vains desirs,
Et, sans nous déchirer, sans jamais nous soumettre,
Tu tiens plus en effet qu'ils ne peuvent promettre.......

Ah, pourquoi rompre encor ce tendre épanchement?
Cruel! avec mon cœur ne puis-je être un moment?

Mais admirez du moins ces vastes pâturages.
Suivez-y les troupeaux errans dans les herbages;
Les moutons rassemblés par un Visir actif,
Obéissant & libre, & despote & captif;
La génisse au front calme, au regard débonnaire,
Traînant son doux fardeau, parure d'une mère;
Le bœuf sombre & pensif ruminant à l'écart,
Ses frères pesamment égarés au hazard,
Et la chèvre insultant à l'épine naissante,
Et du jeune coursier la fougue impatiente;
Tantôt, d'un air farouche, appellant les combats,
Tantôt pressant en nombre, ou retardant ses pas,
Vingt fois devançant l'œil dans sa course indomptée,
Ou du fleuve indigné brisant l'onde irritée.
Le feu semble jaillir de ses nazeaux ouverts.
Il affronte les vents, il provoque les airs.
Haletant de courage, & palpitant d'audace;
Au moindre bruit, il vole, il bondit, il menace.

A 4

Ses longs crins agités, ses prompts frémissemens,
L'écho grondant au loin de ses hennissemens,
Son front, ses yeux, son port, sa brillante furie,
Tout annonce un vainqueur pour les champs d'Olympie.
Voyez.... Mais quel sommeil enchaîne vos esprits?
Faut-il, pour réveiller vos sens appesantis,
D'un burin plus profond renforcer mes images?
Faut-il, dans l'air en feu, promener les orages,
Irriter les combats des aquilons fougueux,
Élancer, jusqu'au ciel, les flots tumultueux,
Ouvrir, des noirs volcans, les bouches enflammées,
Engloutir, dans leurs flancs, les cités abîmées,
De fumée & de cendre envelopper les cieux,
Des secousses du monde épouvanter les dieux,
Et rouler l'océan qui gronde & se mutine,
Sur Lisbonne ou Lima, la Calabre ou Messine?
Non. C'est trop m'éblouir. Je suis las d'admirer,
Dans ce cahos brillant je crains de m'égarer.
Mais qui rendra la vie à mon ame épuisée?
Vous m'avez transporté dans Messine embrâsée,
Qui pourra, plus long-temps, de ces tableaux affreux
Prolonger, dans mon cœur, le charme douloureux?
Les cris, les cris perçans d'une mère éperdue,
De la terre & du ciel vainement entendue.
Sur le reste tremblant d'un balcon englouti,
De torrens enflammés déja presque investi,
Elle presse, livrée aux plus vives étreintes,
Qui? son fils, un enfant, seul objet de ses craintes,

Seul fruit de fon amour, que, parmi tant de feux,
Parmi les flots preffés de tant de malheureux,
Par des|monceaux fumans de cendres entaffées,
De colonnes, de tours en débris difperfées,
A travers mille morts qu'elle ofe encor braver,
N'écoutant que fon cœur, elle avoit cru fauver.
A l'afpect de ces feux dont elle eft entourée,
De ces gouffres ouverts à fa vue égarée,
Et que, d'un œil farouche, éteint ou furieux,
Elle mefure encore en accufant les cieux,
Les cieux qui n'offrent plus que des voûtes ardentes,
Taifez-vous, ou rendez fes clameurs déchirantes.
    « Mon fils ! ô vafte enfer ! ô fpectacle d'effroi !
» Qu'avec toi cette abîme eft horrible pour moi !
» Mon fils'.. mon fang!.. ma vie!.. Il regarde... il ignore
» Quel poignard... Je friffonne... Il me fourit encore !
» Ah, je fens défaillir mes bras appefantis...
» Je fens..Que fais-je?.. où fuis-je?.. Il m'échappe!.. mon fils !
» Mon fils !..qu'un même inftant, par ta bouche & la mienne,
» Confonde en un foupir & mon ame & la tienne;
» Cher enfant !... tout s'écroule !... Efpoir des malheureux!
» Il meurt !... j'expire ! O ciel! ouvre-toi pour tous deux ».
    Ah, quel tableau jamais, quelqu'éclat qui l'anime,
Quel tableau peut valoir un élan fi fublime ?
O, même en brifant l'ame, aimable illufion !
    Ah, palpitant encor de tant d'émotion,
Refpirons un moment. Oui, que votre art déploie
Les tranfports d'un grand peuple & fa brûlante joie,

Lorfqu'aux vœux d'Antoinette, aux vertus de Louis,
A notre amour, au leur, le ciel accorde un Fils.
Organes du plaifir, que nos foudres mugiffent;
Qu'aux feux les plus brillans les ombres s'éclairciffent,
Qu'heureux d'aimer fes Rois, heureux de leur bonheur,
Tout François à l'envi déploie ici fon cœur ;
Que le myrthe & le lys s'uniffent fur nos têtes.
Dans le trouble charmant de ces pompeufes fêtes,
Amenez, il le faut, cet Enfant précieux,
Ce rejetton fi cher d'un arbre aimé des cieux.
Quel cœur, dans le délire où ce tableau le plonge,
Quel cœur rejetteroit un fi touchant menfonge ?
Qu'il voie, en fouriant, quelle dette d'amour,
Envers un peuple tendre, il contracte en ce jour,
Acquittée, il eft vrai, par fa fenfible Mère,
Par les foins, les bienfaits de fon augufte Père,
Mais dont enfin fon cœur ne peut fe décharger,
Et dont, un jour, lui-même il veut fe dégager.
S'il en donnoit déja fa parole avouée !
Si, par le fentiment, fa langue dénouée,
Bégayoit !... avant l'âge ?... Ah, fur les cœurs aimans,
Le fentiment a fait des miracles plus grands.
Cent fois la Poéfie en ofa davantage.
Si déja, de fon fang empruntant le langage,
Il nous difoit : « François, peuple doux & charmant
» Toujours conduit par l'ame & par le fentiment,
» Prévenu d'un amour fi vif & fi fincère,
» Quel Roi n'auroit pour toi des entrailles de père ?

» Ah , crois que, si, pour toi, le mien l'est aujourd'hui,
» Son fils, pour tes enfans, le fera comme lui.
» J'en jure par son sang, en entrant dans la vie,
» Par l'amour, par le cœur d'une mère attendrie
» Palpitant de ta joie à l'aspect de son fils.
» J'en jure par les noms des Bourbons, des Hénris.
» Des Henris ! tout s'émeut à ce nom qu'on adore ;
» Tout pleure de tendresse ! Oui, comme on dit encore,
» Comme on a dit cent fois, dans des transports si doux,
» Je veux qu'on dise un jour : Henri revit pour nous ».
O comme, à ce discours, dans une ivresse ardente,
Tous nos cœurs voleroient sur sa bouche innocente !
Comme ils se confondroient dans l'Epoux vertueux,
Dans l'Epouse & le Fils déja si digne d'eux !
O volupté !... Mais quoi ? vous voulez toujours peindre,
Toujours prêcher !... Allons. Je ne peux vous contraindre.
Eh bien !... mais en effet, d'aussi riches tableaux,
Dans un plus vaste champ, s'offrent à vos pinceaux.
C'est Bellone fuyant de l'empire des ondes,
C'est Louis, d'un coup-d'œil, l'exilant des deux mondes,
C'est, par la paix enfin liant tous les mortels,
Mon Roi, dans tous les cœurs, s'assurant des autels.
Oui, peignez, j'y consens, à mon ame attendrie,
Ce concours de guerriers rendus à la patrie ;
Grands cœurs que lui ravit leur courage indompté,
Au cri de la justice & de l'humanité.
Qu'enfin, libres pour eux, de nos longues alarmes,
Dans leurs larmes de joie on confonde ses larmes.

Que tout tombe aux genoux de ce jeune guerrier,
D'un hémifphère à l'autre, élancé le premier,
Qui, s'arrachant des bras du plus tendre hyménée,
Donna le grand exemple à la terre étonnée
De ce qu'un cœur fublime & s'ouvrant tout entier,
Brûlant d'humanité, peut lui facrifier.
N'oubliez pas fur-tout fon époufe adorée,
D'efpoir ou de terreurs tour à tour enivrée,
Et dont l'ame, en tous lieux, s'élançoit fur fes pas.
Peignez... Mais il arrive... elle vole en fes bras.
Ecoutons... Cher époux! tu reviens plein de gloire!
Quel moment! que mon cœur, dans ces champs de victoire,
Frémiffoit!... Tendre époufe! hélas, digne de toi,
J'ai dû juftifier ce qu'attendoit de moi
Mon nom, mon fang, le tien, tes vertus & la France,
La France qui m'avoue, & qui, dès leur naiffance,
Au bonheur des mortels confacre fes enfans....
Digne François! arrête.... à des tranfports fi grands,
Mon cœur s'épuife encor de joie & de tendreffe.
  Oui, quoiqu'ofe avancer l'orgueil de la foibleffe,
C'eft ce mélange ardent de fcènes, de tableaux,
L'un par l'autre échauffés, l'un par l'autre plus beaux,
Tel qu'en tremblant ici je l'ai tenté moi-même,
Qui, du grand art des vers, eft le charme fuprême.
L'attrait puiffant & sûr de tant de mouvemens,
D'un cœur toujours ému ces vifs élancemens,
Ce théâtre vivant ouvert à chaque page,
Du fouffle actif du temps, défendent un ouvrage.

Mais, pour tout animer par ce charme enchanteur,
Il faut l'être foi-même ; il faut avoir un cœur.
Le cœur feul fait le peintre ainfi que le poëte ;
Sans lui, fous le pinceau, la nature eft muette,
La poéfie expire. O Zeuxis des François !
O Vernet ! ô grand homme ! en quels fublimes traits,
J'ai vu par-tout cent fois le tien fe reproduire !
Quel eft toujours, vers toi, le pouvoir qui m'attire !
Sont-ce, d'un crêpe obfcur, les cieux au loin voilés,
Sur les flots écumans, les flots amoncelés,
Les rochers blanchiffans, difparus fous les ondes,
La foudre réfléchie en leurs grottes profondes,
Et ces vaiffeaux, les uns fufpendus dans les airs,
Les autres retombés & rentrant aux enfers,
Heurtés, heurtans, brifés dans leur rencontre affreufe,
Et, dans le noir chaos d'une nuit ténébreufe,
Des plus ardens tranfports l'océan tourmenté ?
Tremblant, à tant de force, à tant de vérité,
Je vois les élémens foumis à ton empire,
Et, plein d'un fombre effroi, je recule & t'admire ;
Mais, prêt à repofer, trop long-temps agité,
Sur des tableaux plus doux, mon œil épouvanté,
Dans ces vaftes horreurs quel attrait me rengage ?
Ici c'eft une femme, un pied fur le rivage,
Un pied fur un vaiffeau prêt à fe fracaffer.
Dans fes bras un enfant qui l'ofe careffer.
Son tranfport, en toute autre aveugle & téméraire,
Son trouble, fon audace annoncent une mère.

A son air, à ses cris, son espoir, son effroi,
Toutes ses passions se transmettent en moi.
Là c'est, sur un rocher, écueil épouvantable,
Un vieillard éperdu que la terreur accable,
Et ranime, & suspend entre l'onde & les cieux,
A l'aspect d'un vaisseau qui se brise à ses yeux.
Il tombe, il se relève, il s'élance, il expire.
Ses bras tendus, son front, ses regards semblent dire....
Que dis-je! Il vit. Il parle. Il me dit en effet,
Tant l'art est imposant, tant le charme est parfait!
Il me dit : j'en frémis. « C'est mon gendre & ma fille.
» C'est eux. J'allois renaître en eux, en leur famille.
» Ah, j'eusse, en mon ivresse, expiré dans leurs bras.
» Ciel frappe, &, pour le leur, accepte mon trépas.
» Mer, rends-les à ma mort....» Voilà ce qui m'enchaîne.
Voilà ce qui, vers toi, sans cesse me ramène.

    Après des traits si fiers, maigres dessinateurs,
D'un théâtre désert brillans décorateurs,
Savans à tout orner, mais dont l'art, en notre ame,
Jamais du sentiment n'a réveillé la flamme;
Qu'on vante en vous l'éclat, le riche coloris,
La pureté, la grâce; & vous, froids beaux-esprits,
De tous vos riens glaçans vantez-nous l'harmonie;
Mais apprenez d'Apelle & du dieu du génie
Que l'esprit, de l'esprit, est bientôt dégoûté.
Le cœur seul met le sceau de l'immortalité.

F I N.

INSCRIPTIONS

Placées dans une salle où s'est donnée une fête pour la Paix.

I.

Effroi des Nations, l'arbitre de la guerre,
En écrasant le monde, en peut être admiré;
L'arbitre de la paix, bienfaiteur de la terre,
En est seul adoré.

I I.

Tombeau des Nations trop long-temps divisées,
Mer n'en sois plus que le lien.
Qu'à la voix de Louis, tes ondes appaisées
Respectent leur bonheur dont il est le soutien.

I I I.

L'Univers célébroit Louis,
(Pour l'ami de la paix quelle bouche est muette ?)
La France, en ses transports, y joignit Antoinette;
Tous les cœurs s'y sont réunis.

VERS faits pour la même occasion.

La paix, sur le burin de l'immortalité,
De Louis son appui gravoit encor l'image.
    Ah, pour consommer votre ouvrage,
    Laissez-nous tracer à côté
    Les traits si chéris d'Antoinette,
Dirent les Grâces ; quoi ? ce que l'Amour unit,
Le séparer, laisser notre joie imparfaite ?
Non, non. Ainsi fut fait. L'Univers applaudit.

Lu & Approuvé, ce 31 Mai 1783. DE SAUVIGNY.
Vu l'Approbation, permis d'imprimer, le 2 Juin 1783.
LE NOIR.

On trouve chez le même Libraire des Exemplaires
de Manco-Capac, Tragédie de l'Auteur.

De l'Imprimerie de PH.-D. PIERRES, Imprimeur Ordinaire
du Roi, &c. rue S. Jacques.